COMO A PALAVRA AMOR SAI NATURALMENTE DAS NOSSAS BOCAS

rúbia vaz

URUTAU
maio de 2023

O —
editora Urutau

avenida peirao besada, 6 – 2D
36163 poio-pontevedra
(espanha)

rua cajus, 478
jardim das cerejeiras, cotia — sp
brasil
06724-015

[+55] 11 94859 2426 [brasil]
[+34] 644 951 354 [galiza]

www.editoraurutau.com.br
contato@editoraurutau.com.br

[editores]
tiago fabris rendelli & wladimir vaz
[coordenação de revisão]
debora ribeiro rendelli
[revisão]
marcella sarubi
[diagramação]
victor h. azevedo
[foto da autora]
charry jin

dados internacionais de catalogação na publicação (CIP) de acordo com ISBD

vaz, rúbia
V393c como a palavra amor sai naturalmente de nossas bocas / rúbia vaz. - cotia : urutau
2023. 56 p. ; 14cm x 19,5cm.

ISBN: 978-65-5900-516-1

1. literatura brasileira. teatro. 3. dramaturgia. I. título

CDD 7
2023-1490 CDU 7

elaborado por vagner rodolfo da silva - CRB-8/9410

sumário

[prefácio]
um diálogo

alice: acho que seria interessante iniciar este prefácio explicando por que decidimos escrevê-lo em forma de diálogo. foi claro, para nós, desde o início, que seria importante manter as diferentes perspectivas que temos do trabalho ainda que escrevendo um texto a quatro mãos. não só para manter os dois pontos de vista, mas também pelo fato de termos assistido esse trabalho surgir e se desenvolver a partir de perspectivas muito diferentes.

ana clara: sim, com certeza. quando eu primeiro entrei em contato com *como a palavra amor sai naturalmente das nossas bocas*, eu era colega de turma da rúbia no teatro-escola célia helena e, além de testemunhar as etapas do processo, também colaborei em algumas ações e performances que geraram a dramaturgia.

alice: nessa época, eu ainda era professora da rúbia e depois fui banca do seu trabalho de finalização na pós-graduação. minha posição foi sempre a de observar e participar do projeto mais como olhar externo. é importante que esses pontos de vista se mantenham em sua pluralidade, pois isso é uma questão que o próprio texto da rúbia traz.

ana clara: a pluralidade está muito presente mesmo na multiplicidade de vozes que o texto apresenta, mas para além disso, faz sentido que seja um diálogo. a ideia do diálogo é uma estratégia que a rúbia usou em todos os trabalhos que se somaram para gerar esse livro. a troca de experiência entre mulheres foi muito presente neste trabalho, como se só fosse possível compreender a ofélia através desse diálogo e da justaposição de diferentes experiências.

como é pra você ver essa dramaturgia finalizada depois de ter acompanhado o início do processo ainda numa posição de professora? mudou sua relação ao longo do processo?

alice: a primeira vez que eu vi a rúbia se relacionar com a história da ofélia foi em uma cena que ela apresentou em uma aula. ela era afogada por um outro aluno enquanto misturava uma história pessoal com os textos da ofélia. ali já era nítido que havia muito mais material por trás daquela cena do que ela estava conseguindo mostrar. e eu acho que aí entra uma característica muito pessoal da rúbia. ela é obstinada, né? e esse foi um dos momentos em que ela ficou obstinada, no caso com a cena, com o material cênico, com o texto, com a personagem da ofélia, com o ponto de vista do texto do shakespeare, com as outras montagens de *hamlet*, e daí ela continuou trabalhando. vendo hoje, eu acredito que nem ela mesma imaginava quanta coisa seria gerada a partir daquele primeiro encontro dela com a ofélia. e é interessante ver que esse processo pelo qual ela passou está também registrado na versão final do texto. obviamente a criação vai ficando mais intencional ao longo do tempo, o material vai se estruturando e a pesquisa vai tomando forma como em todo processo artístico. mas, quando li a dramaturgia final, lembrei da pergunta que gerou esse trabalho: *o que te move?*, ou algo assim.

como foi pra você acompanhar o processo?

ana clara: como eu participei de algumas das ações que fizeram parte da construção deste texto, muitas vezes me pego relembrando das experiências, andando pelo centro de são paulo, pegando e carregando as pedras com ela, ou mesmo antes disso, lembro da cena dela enfiando a cabeça na água... são momentos que movem memórias afetivas em mim. e é interessante porque, para mim, lá atrás, essas ações não tinham necessariamente uma relação entre si, elas não faziam parte de uma mesma estrutura. não uma que eu conhecesse, pelo menos. e agora, com o texto final em mãos, eu vejo a história da ofélia costurando todas aquelas experiências. pra mim a caminhada nas ruas de são paulo, por exemplo, era a rúbia, não era a ofélia. na época eu sabia o que estava motivando a rubia a realizar aquelas ações naqueles momentos. não a ofélia. mas neste texto, nesta dramaturgia, é tanto rúbia quanto ofélia, uma emprestando pra outra o que o trabalho pede...

alice: mas como foi para você contribuir com esse trabalho, já que ele diz tanto respeito a rúbia?

ana clara: realmente, este trabalho sempre esteve muito na esfera do pessoal, trazendo muitos elementos documentais mesmo. a relação da rúbia com a mãe, suas memórias infantis, os relacionamentos passados e atuais, quase que uma leitura que ela faz da própria vida sob a perspectiva de como uma sociedade patriarcal afetou a sua trajetória como indivíduo. mas, ao mesmo tempo, essa história pessoal se relacionava com a história de outras mulheres, tanto as que participavam como colaboradoras como muitas outras.

rúbia conseguiu manter essas diferentes vozes no trabalho, entrelaçando a experiência única dela com outras histórias que, na cena, representam o coletivo. é uma soma, uma adição. nesse sentido é realmente uma escrita feminista.

alice: sim, e isso tanto em conteúdo quanto em forma. é possível ver ao longo da obra que a rúbia vai entrando em contato com diversas formas de criação e vai desenvolvendo seu próprio vocabulário. na peça, os elementos que compõem esse léxico, vão se desenrolando sem apagar o que veio antes. é um acúmulo mesmo. ela poderia ter feito três peças diferentes, uma mais clássica, uma mais performativa, uma mais documental, mas, ao invés disso, ela sobrepõe essas diferentes linguagens e assume todas em uma obra única.

mas, voltando ao conteúdo, como ele reverbera em você como mulher?

ana clara: o que fica mais presente para mim é a questão da loucura e do silenciamento. há sempre o risco da experiência feminina não ser validada ou de ser diminuída pela sociedade, pela polícia, pela própria família. e isso se reflete no texto. muitas vezes paira no ar uma dúvida sobre o quanto daquela história que está sendo contada é real. e acho que essa dúvida não precisa ser respondida.

é justamente na dúvida que o público/leitor pode experienciar a sensação de quem já passou por uma situação assim, de quem já foi subestimada ou chamada de louca. essa dúvida, "*será que eu posso confiar na minha própria voz? será que essa voz faz sentido?*", é o que nos assombra.

alice: e a ofélia vem como um arquétipo dessa mulher silenciada ou "duvidada" ou louca para unir essas histórias.

ana clara: sim, tanto as histórias que a gente reconhece, quanto as histórias que ainda não conseguimos nomear. as que não foram ditas e, por isso, não são consideradas verdadeiras.

alice: a rúbia usa um recurso muito caro ao teatro pós-dramático ou performativo que é fazer uso da realidade para desconstruir o texto. o que torna esse recurso particularmente interessante aqui é como ela consegue usá-lo de forma espelhada. os depoimentos pessoais e as inserções de realidade constroem uma crítica ao texto original que, por sua vez, é um espelho da realidade que vivemos. desta forma, o depoimento pessoal acaba por reler criticamente não apenas o texto, como também a própria sociedade patriarcal e o silenciamento de mulheres nesse mundo. ou seja, o real não é o suporte da ficção, mas um comentário crítico de uma narrativa que duplica o mundo real independentemente do lapso temporal que separa o ano em que o texto foi escrito dos dias de hoje. algumas coisas não mudam rapidamente.

ana clara: isso me lembrou de uma fala da rúbia da última vez que conversamos por mensagem de voz. em meio a discussões sobre o labor artístico, ela disse que, quando trabalhamos com arte, as nossas vivências pessoais têm relevância, o cotidiano tem relevância, aquilo que está para além do trabalho em si tem relevância, porque é isso que alimenta o trabalho. quando leio este texto, sinto a diversidade de experiências presentes nele e, por isso, leio como um texto vivo.

ALICE NOGUEIRA E ANA CLARA MONTENEGRO

no que depender do amor, para além da paixão
e para além do desejo, ninguém mais se afogará.

MATILDE CAMPILHO

prólogo ou transbordamento

enquanto o público entra a música "cry, cry, cry" de johnny cash é tocada.

a tradução da letra está em uma lápide no meio do caminho.

no fundo da cena há um músico e uma bateria eletrônica.

a performer deposita rosas vermelhas aos pés da lápide e abre uma garrafa de água.

ao longo do texto do prólogo, a performer deve tomar toda a água do recipiente.

todas as perguntas são direcionadas a homens da plateia,

a cada resposta, um diálogo é improvisado.

— oi gente, obrigada por estarem aqui. a presença de cada uma e cada um é muito especial pra mim... inclusive, eu lembrei que, antes de começar aqui, eu preciso dar um recado importante pra vocês: em algum momento, vai aparecer um qr code aqui na tela e vocês podem e devem usar o celular nessa hora, mas só nessa hora, tá bem? porque, como eu tava dizendo, é muito importante pra mim que vocês estejam presentes! presente: eu gosto muito dessa palavra. pre-sen-te. acho que, pra mim, tudo começou por causa dela. é por causa dessa palavra que eu estou hoje aqui. deve ser porque ela tem uma mesma vogal que se repete três vezes aí ela fica assim: pre-sen-te. parece que ela tem um começo, tipo, ela se apresenta. aí ela continua e depois termina, mas não acaba, parece que tem uma reticência no fim... pre-sen-te: e a gente sempre sorri dizendo ela, mesmo sem querer. acho que isso inclusive tem muito a ver com a própria palavra. a gente escuta muito falar em estado de presença.

que para estar aqui é preciso estar presente. inventaram até aquele negócio que tem o nome de todas as pessoas da turma, aí chamam um por um e você tem que levantar a mão e responder: presente. alguns respondem só "eu" ou "aqui". só que muitas vezes é mentira, você não tá lá e não é nem porque você não quer, é porque simplesmente acontece. já aconteceu com você de você se dizer presente numa parada mas na real você não tava? presente é um estado, mas pode também ser um tempo. o tempo presente. tem o passado, que é o que passou. o futuro, que é o que está por vir. e tem o presente que é o agora. mas, quando eu falo agora no tempo presente, ele já virou um passado cheio de expectativas futuras. então nunca é uma coisa só. tá tudo acontecendo ao mesmo tempo. mas sempre dizem que a gente tem que viver o momento presente. já disseram isso pra você? você lembra por que disseram isso pra você? e tem o significado da palavra que é o meu preferido. presente: substantivo comum. aquilo que se dá ou se recebe. eu acho que eu descobri uma unanimidade: todo mundo gosta de ganhar presente. não conheço ninguém que não goste de ganhar presente. alguém aqui não gosta de ganhar presente? qual presente que você mais gostou de ganhar? essa música que vocês ouviram foi um presente que eu ganhei. mas a pessoa que me deu não sabia de uma história que a minha mãe sempre me contou com muito orgulho. segundo ela, durante o meu primeiro mês de vida, eu dormia em um cestinho no quarto dos meus pais. depois disso, eles me levaram pra dormir no berço do quarto que tinha sido feito pra mim. minha mãe conta que, na primeira noite que eu dormi lá, eu chorei a noite toda sem parar. mas o combinado era que eles não iriam lá me ver porque, se sucumbissem à minha vontade, eu ia chorar sempre. e não ia aprender o que eles estavam tentando me ensinar. e, segundo eles, funcionou. eu nunca mais chorei e aprendi a ficar sozinha.

com o que restou da água, a performer enche o copo até transbordar.

a água escorre para uma caixa no chão, que tem um vestido dentro.

enquanto a ação é executada, ouve-se o áudio seguinte.

voz off de rúbia:

"oi, flor. tudo bom? deixa eu te falar... eu tô no meio de um processo de criação e eu fiquei... enfim, eu achei que eu tinha que gravar este áudio. eu pensei por um momento gravar ele só num gravador, como se eu estivesse falando com alguém, mas, no fundo, eu não tava falando com ninguém. e eu achei que isso ia, é... isso ia interferir no modo como eu ia contar a história.

que eu precisava estar falando realmente com alguém. e como a gente passou o dia juntas e eu sinto que a gente dividiu coisas hoje, é... eu te peço permissão pra te contar uma história. eu acho que você já sabe sobre o que eu vou falar, então, se você achar melhor você não saber, se você não quiser saber, se você não quiser saber dessa história, tudo bem, é só você não ouvir, é só você não ouvir este áudio."

voz off de júlia:

"bom dia. acabei de terminar de ouvir. ontem eu comecei, deitada na cama, só que eu tava com sono e aí eu dormi no final dele. só que eu já tava achando muito interessante, quando eu vi os minutos do áudio, eu não acreditei, eu achei que tivesse pifado, assim, o whatsapp. mas depois eu entendi que ter amigas do teatro, esse tipo de coisa acontece e é superinteressante, na verdade eu adorei porque eu não me importo de ouvir as pessoas nem áudios longos. e foi muito interessante, muito interessante mesmo a forma como chegou esse áudio, como chegou essa história e de ter acesso a essa história, porque eu sabia de muitas partes dela, só que eu não sabia de muitas. então... então tipo a história sempre tava com buracos e sempre faltou entender assim, meio, o começo da história eu nunca soube."

imersão

— pra eu conseguir fazer a próxima cena, eu preciso que um boy se voluntarie pra dividir ela comigo!

a performer entrega um livro da peça hamlet *para o boy escolhido.*

— o que vai acontecer agora é o seguinte: no seu tempo, no seu tempo mesmo — isso não é nenhum processo seletivo, ninguém vai estar te avaliando —, você vai levantar, abrir na página que está com o marcador e ler o trecho que está grifado, tá bom? é que é um trecho que eu gosto muito e eu preciso ouvir ele agora. e, enquanto você tiver lendo, eu vou te gravar, pode ser? porque eu preciso ter essas palavras comigo.

"se irrita por qualquer migalha, fala coisas sem nexo,
ou com apenas metade do sentido. o que diz não diz nada,
mas permite aos que a escutam
tirarem suspeitas dessa deformação; e aí conjeturam,

rearrumando as palavras de acordo com o que pensam.
as palavras, junto com os olhares, meneios e gestos
que ela faz, dão pra acreditar
que realmente ali há um pensamento, bastante incerto;
mas muito doloroso."[1]

— muito obrigada!

[1] SHAKESPEARE, William. **Hamlet**. Tradução: Millôr Fernandes. Porto Alergre: L&PM, 2016, p. 103. Todas as citações da obra que aparecem ao longo do texto são a partir dessa mesma edição.

conversa com a rainha

ao longo do diálogo, o músico preenche as lacunas tentando provocar um silenciamento na voz entrecortada da performer, que torce o vestido encharcado.

— gente. vocês ouviram isso? eu acho esse trecho muito importante! a gente passa por essa peça inteira sem dar atenção a esse trecho. como que é? "dão pra acreditar que realmente ali há um pensamento..." ali há um pensamento...

[...]

— então, esse cara aqui, horácio, ele já sabia de tudo. e, se ele tivesse feito alguma coisa, teria me poupado um trabalho e tanto. porque pra mim tudo começou por causa desse trecho. é por causa desse trecho que eu estou aqui hoje.

[...]

— quando eu fiz a ofélia pela primeira vez, eu não queria fazer a ofélia, eu queria fazer o hamlet, mas não rolou. eu até tentei, eu cheguei a propor uma cena, aquela que ele encontra com o fantasma do pai. foi horrível! e o pior é que eu não perdi só um personagem, eu perdi também um parceiro de cena.

[...]

— foi um momento em que eu não sabia muito bem o que fazer, que caminho eu devia seguir. foi um daqueles momentos em que, do nada, um lugar que costumava ser confortável pra você não é mais.

[...]

— aí teve um dia que eu comecei a chorar em frente a um monte de gente desconhecida, até que uma amiga chegou e falou pra mim: "ofélia, por que você não vai conversar com a rainha? ela já deve ter passado por alguma coisa parecida, ela vai saber o que te dizer". e eu pensei, é verdade, se tem uma pessoa que pode me ajudar, essa pessoa é a gertrude.

[...]

— e eu fui até lá falar com ela, fiquei esperando do lado de fora da sala pra que avisassem que eu tava lá. foi quando eu ouvi uma pessoa dizendo que ela devia tomar cuidado comigo porque parecia que eu não tava falando coisa com a coisa e que meu estado merecia piedade.

[...]

voz off do boy da vez:

"se irrita por qualquer migalha, fala coisas sem nexo,
ou com apenas metade do sentido. o que diz não diz nada,
mas permite aos que a escutam
tirarem suspeitas dessa deformação; e aí conjeturam,
rearrumando as palavras de acordo com o que pensam.
as palavras, junto com os olhares, meneios e gestos
que ela faz, dão pra acreditar
que realmente ali há um pensamento, bastante incerto;
mas muito doloroso."

[...]

— eu pensei em ir embora, mas eu achei que seria pior. então eu entrei, tentando ser o mais cautelosa possível e tentando expor pra ela o que tava acontecendo, eu disse: ó, tá doendo. tinha alguma coisa aqui que não tem mais. eu perdi alguma coisa e tá doendo. o que eu faço? "está morto, senhora, foi embora. uma lápide por cima e a grama verde por fora."

[...]

— o jeito que ela olhava pra mim. como se não tivesse tempo nem saco pra lidar com aquilo. esse olhar...

[...]

— durante todo o tempo em que fiquei naquela sala, eu me questionava se, de repente, eu não estava exagerando. se eu não devia simplesmente ter ficado quieta porque eu sentia que eu não estava sendo levada a sério.

[...]

— e isso é um saco porque eu quero estar aqui. eu faço tudo pra estar aqui. pra vir aqui e tentar falar. mas quando eu vejo, eu não consigo. porque tá sempre tudo na minha mente. tudo o que eu vou te falar tá aqui. mas quando eu começo a falar, eu começo a perder o controle das palavras. elas saem e eu não sei mais pra onde elas vão.

[...]

— mas elas estão aqui. eu consigo ouvir. sonsa. como se diz essa palavra? son-sa. parece que eu tenho que tirar a alma do corpo pra dizer essa palavra. descompensada. como é dizer essa palavra? não dói? você não se engasga com sua própria saliva ao dizer des-com-pen-sa-da? eu não queria ouvir essas palavras. elas são muito feias. eu odeio elas. eu queria que elas não existissem. mas elas já estão aqui. marcadas nesse corpo. marcadas no estado de presença desse corpo. e eu acho que tudo o que eu faço é pra tentar afastar essas palavras. eu não gosto delas.

***voz off* de gertrude**

— "gentil, ofélia!"

pega o vestido e segura no colo como se tivesse um corpo dentro.

— gentil. sonsa, descompensada... foi assim que eu me tornei ofélia.

[...]

gira o vestido e o próprio corpo.

[...]

— me falaram que ia ser melhor se eu trocasse de cena. que eu tinha que ir procurar uma personagem que fosse mais parecida comigo.

[...]

começa a colocar o vestido e pede ajuda para alguém.

[...]

— e deu certo. eu encontrei uma personagem mais parecida comigo. "eu só espero que tudo saia bem. a gente tem que ser paciente. mas não posso deixar de chorar pensando que o enfiaram nessa terra fria. meu irmão tem que ser avisado. por isso agradeço os vossos bons conselhos."

[...]

— no final eu acabei dividindo essa personagem com um amigo meu. nós dois éramos ofélia. um dia na coxia, enquanto a gente se preparava pra entrar, com o mesmo vestido, com as mesmas flores na mão, ele olhou pra mim e perguntou:

ser ou não ser

"eis a questão:
será mais nobre sofrer na alma
pedradas e flechadas do destino feroz
ou pegar em armas contra o mar de angústias —
e, combatendo-o, dar-lhe fim?"

encontro com hamlet

— essa cena começou a ser pensada em uma outra etapa do processo. eu fui educada pra casar virgem. na segunda vez que eu fiz a ofélia, o que eu trouxe para a cena era uma história minha e, enquanto eu contava essa história, minha cabeça era empurrada para uma caixa com água. quando eu tinha seis anos, eu sofri um acidente doméstico: é que o meu filme preferido era o tarzan. foi essa história que deu início às vozes. eu queria muito ser o tarzan e aí, pra imitar ele, eu ficava pulando de um sofá para o outro. e no meio dos dois sofás tinha uma mesinha e uma estátua de cera em cima dela. eu caí em cima da estátua e comecei a sangrar. essa caixa. eu não aguento mais fazer cena com essa caixa. e ao mesmo tempo eu não consigo me desapegar dela. o maior medo da minha mãe era que eu tivesse perdido a virgindade. e é louco porque, toda vez que eu abro ela, alguma coisa surreal acontece. eu tava na cama do hospital e ela se perguntava como ia explicar aquilo pro meu futuro marido.

tudo começou quando eu tava fazendo uma cena dizendo que eu ia embora, mas era mentira. eu ia ficar. ele duvidou da minha virtude. ele disse que a honestidade não podia ter qualquer intimidade com a beleza. depois eu fiz uma cena dizendo que eu tava ficando e aí eu tive que ir embora. dizem que é nessa cena que eu começo a ficar louca. então eu percebi que eu tinha que lidar com o apego que eu tinha com isso e ressignificar essa minha relação. ele disse que um dia tinha me amado. eu realmente cheguei a acreditar. "pois não devia. eu nunca te amei."

a performer segura uma caixa de presente nas mãos.

— meu senhor, tenho comigo umas lembranças suas que desejava muito lhe restituir. rogo que as aceite agora. "não, eu não; nunca lhe dei coisa alguma." respeitável senhor, sabe muito bem que deu; e acompanhadas por palavras de hálito tão doce que as tornaram muito mais preciosas. perdido o perfume, aceite-as de volta, pois, pra almas nobres, os presentes ricos ficam pobres quando o doador se faz cruel. eis aqui, meu senhor.

— você não quer de volta? é isso? você não quer? então foda-se. vai tomar no cu, principezinho chato. na real eu só to tentando achar um jeito de sobreviver aqui. mas parece que os maiores problemas do mundo são os seus pra você ser o protagonista dessa parada. só que na real quem nunca te amou fui eu! eu só aguento seu *mimimi* de fantasma, de pai, de convento, de teatro, pra essa história poder ir pra frente. entende? se não sou eu aparecer depois do seu grande monólogo filosófico, você fica sem conflito. a história não anda. você fica sem o seu desfecho. mas e quanto ao meu fim? eu to cansada de você colocar um fim na minha história.

a performer joga a caixa no chão, dentro há uma pedra.

enfrentamento, a outra versão

a pedra retirada da caixa do presente é passada pela mão de todas as pessoas da plateia, a performer olha cada uma delas enquanto ouve-se o seguinte áudio:

voz off — *áudio-colagem:*

"já tá gravando. tá. eu vou te contar uma história agora e depois eu preciso que você me conte uma com alguma coisa que te lembre essa história, tá? tá. eu tinha dezessete anos e eu ficava com um cara. eu tinha dezesseis anos, quinze, quando conheci ele. porque esse foi o meu primeiro relacionamento real. eu tinha quinze anos, namorei quase até os vinte. e aí eu comecei a ir em todas as festas da faculdade, até que eu conheci um menino e fiquei com ele, só que ele era bem mais velho, ele tinha vinte e sete e eu tinha dezesseis. porque todo mundo via a gente como um casal, já fazia um certo tempo que a gente tava junto. e aí eu ficava nesse impasse comigo mesma, mas ele não falava… eram coisas sutis assim. quase que eu não percebia e eu só percebo hoje, entende?

era um comentário espaçado a cada três meses. e aí ele chegou pra mim e falou "não, eu quero ficar com você". e aí eu tive que passar por um dos meus melhores amigos e tive que fingir que não o tinha visto e o menino duas fileiras na minha frente. eu tive isso de ficar apagada de não sei o quê... eu nem tentava processo seletivo nem teste porque eu tava vivendo num mundo em volta dele, assim. aí depois ele me procurou de novo e me disse que "não, que ele queria ficar comigo, mas ele só precisava de tempo pra digerir essa ideia e tal, mas que ele gostava muito de mim, que ele me amava". "você não vai sozinha pro show." aí, no outro dia de manhã, eu cheguei na faculdade e todas as minhas amigas me olhavam com aquela cara tipo "aconteceu alguma coisa, a gente tem que contar, mas a gente não sabe como te contar". eu falei pra ela que ele tava em casa e que muitas vezes ele tava em casa. não todas as vezes que ela achava, eram bem menos, mas que ele tava em casa naquele dia. aí eu comprei uma pílula do dia seguinte. eu fique mandando mensagem e ele não me respondia e isso começou a me deixar aflita, eu falei "pô, tô presa aqui". além de questionar a minha sanidade mental, eu já pedia desculpa sem sentir que eu era culpada, eu já, sabe, assim? eu peguei a chave que tava com ele, levantei e fui embora. a minha mágoa era dele não ter me ouvido. parece que você tá contando a história do meu ex. eu acabei de passar por uma situação assim, é surreal, né? é o mesmo cara, em situações diferentes. eu achava que talvez tivesse sido responsabilidade minha no relacionamento, mas ele fez a mesma coisa com ela em oito meses. e aí, quando a gente terminou, ele me mandou uma música dizendo que eu ia ficar chorando sozinha. mas é isso, eu só tenho essa opção: seguir em frente. mas aí eu percebi que, esse relacionamento, ele transforma a gente num lugar muito sensível, às vezes você vira o seu próprio medo, o seu próprio monstro."

você não soube me amar

— chegamos até aqui. até esse momento. e eu preciso ser sincera com vocês, esse é um momento muito delicado pra mim. eu não sei como sair daqui. porque, quando eu me deparo com tudo o que veio antes, eu já nem sei mais se eu concordo com tudo isso. pior, eu sei que eu não concordo mais com muitas coisas que foram ditas até aqui, mas não dá pra simplesmente fingir que elas não existiram. eu poderia pedir mais uma história para alguma de vocês, eu sei que vocês teriam uma história pra me contar. mas eu não sei se eu quero continuar ouvindo isso. eu não sei se eu quero continuar reproduzindo isso. e, ao mesmo tempo, eu preciso deixar isso aqui. porque, de alguma forma, algum dia uma adolescente viveu essa história e vendo, com distância, hoje eu sinto que preciso honrar esse processo pra conseguir seguir. não é fácil, mas eu acho que encontrei uma maneira. e também porque me falaram que eu precisava cortar um pouco esse monólogo todo, que eu tava falando demais e desse jeito é chato. aí eu falei: tá bem. vou tentar colocar um alivio cômico nessa parte então.

a performer convida alguma mulher da plateia para beber uma cerveja com ela.

enquanto bebe cerveja e come batata frita, canta a música você não soube me amar *da blitz. coloca fones de ouvido e finge cantar em um microfone desligado.*

a voz e a palavra

com fones de ouvido e uma música bem alta:

— obrigada. obrigada, amor. aí gente, eu não sei se vocês perceberam mas tem um boy meio que dividindo a cena comigo. ele é meu companheiro. me disseram que era uma escolha ousada. primeiro porque e se amanhã a gente termina? mas tudo bem, eu também já pensei nisso. eu teria duas opções: ou manter ele e mudar o que eu falo na cena ou continuar essa mesma fala e contratar um outro boy e fingir que ele é meu companheiro. e isso é meio louco porque quem garante que ele já não está aí substituindo alguém? e depois porque eu tô falando sobre mulheres e aí eu coloco um boy em cena. isso incomoda um pouco. e eu acho que é isso mesmo. porque pra mim é muito importante ele estar aqui. porque ele é quase que um documento. a presença dele significa pra mim que eu sei me relacionar. que não tem nada de errado comigo.

sem os fones de ouvido:

— no começo do ano, eu comecei a escrever um outro texto e, nesse outro texto, eu menciono esse daqui. lá eu digo que: "eu tento mentalmente criar uma relação entre o que eu escrevo. como que depois de falar sobre a menina que morreu afogada eu cheguei na colonização? por uma questão estética, eu suponho que é por causa da imagem de bruxas que, antes de serem queimadas, eram torturadas, colocadas em gaiolas e afogadas. (*mostra a imagem do acabussade, instrumento de tortura, em uma página do livro.* calibã e a bruxa *de silvia federici.*[2]). afogadas, depois queimadas. talvez seja essa a linha de raciocínio." eu achava que no meu trabalho futuro eu devia deixar rastros do passado, mas percebi que era preciso também preconizar o futuro no presente pra que ele, de fato, aconteça. borrar a linha do tempo pra perceber que a origem dos acontecimentos está sempre antes ou depois. lá eu continuo dizendo que: "enquanto eu escrevia sobre a ofélia eu sobrevivi a um afogamento. agora, em um relacionamento estável eu percebo que responsabilidade deveria ser sempre conjugada no plural". eu vou parar por aqui porque acho que já tem spoiler suficiente e também

[2] FEDERICI, Silvia. **Calibã e a bruxa: mulheres, corpo e acumulação primitiva**. São Paulo: Elefante, 2017, p. 187.

porque isso meio que se tornou um autoplágio. mas, na real, não, porque plágio implica que eu copie ou assine uma obra de outra pessoa dizendo que é minha. essa definição não é minha. é do dicionário. e é o que eu vou fazer agora: essa próxima cena é um plágio.

esta cena é um plágio

a performer pega um saco com papéis dentro e pede pra alguém da plateia pegar um e colar na testa dela, em referência a carolina bianchi em lobo[3].

no papel: marie (woyseck)

a interação do jogo acontece com o público, mas o músico guia as respostas.

— eu sou uma mulher?

— (sim)

— eu sou real?

— (não)

— eu sou uma personagem?

---

[3] Na peça original, a cena é desenvolvida a partir do nome Mary Shelley. A estrutura da cena é, na verdade, uma paródia, mas é mencionada como plágio para fins de narrativa e de discussão sobre tal problemática.

— (sim)

— eu fui criada por uma mulher?

— (não)

— eu sou brasileira?

— (não)

— eu sou europeia?

— (sim)

— eu sou inglesa?

— (não)

— eu sou francesa?

— (não)

— eu sou alemã?

— (sim)

— eu tô em um romance?

— (não)

— eu tô numa peça teatral?

— (sim)

— eu fiz pacto com o demônio?

— (não)

— eu tive um filho?

— (sim)

— eu vi meu filho crescer?

— (não)

— eu morri antes disso?

— (sim)

— a minha morte pode ser considerada um feminicídio?

— (sim)

— o boy que me matou era um proletário fodido que topou fazer parte de um experimento em troca de grana e pra isso teve uma dieta alimentar à base de ervilhas?

— (sim)

— aaaah, eu sou a marie do woyseck! acertei!

a performer comemora o acerto.

— vocês sabiam que o woyzeck é considerado o hamlet alemão? eu fico imaginando se, quando o buchner estava lá escrevendo, alguém disse pra ele: ó, não pode! tá plagiando o shakespeare... mas acho que não... acho que não... essa foi a última cena a ser pensada, o que é meio irônico porque, pra mim, tudo começou por causa dessa cena. é por causa dessa cena que eu estou aqui hoje. na verdade eu não sei. eu já usei essa desculpa antes. eu já falei que a origem disso estava em uma palavra. em um texto. em uma cena. mas talvez a origem de tudo esteja em um som.

ouve-se o grito de marie na ópera wozzeck.

— não, não é esse. mas é tão antigo quanto.

ouve-se o som de uma mensagem enviada por msn.

a seguinte frase é projetada:

"meu, isso me cansa. por um acaso você é louca menina? vai cuidar da sua vida. para de me encher o saco. é só o que eu tô te pedindo."

— isso foi um pouco depois dele me mandar uma música dizendo que eu ia ficar chorando sozinha. eu só tava ali porque eu precisava dizer: ontem à noite aconteceu uma coisa e preciso entender o que foi isso, porque eu não estou conseguindo nomear. na verdade eu vou demorar quatro anos para conseguir nomear o que aconteceu nessa noite, mas como ele é o seu melhor amigo, achei que... deixa pra lá, isso já é uma outra peça... foda-se. vai tomar no cu, principezinho chato. eu aceito ficar com a fama da "ex louca". até porque isso é um privilégio, né... dele... se sou eu a ter um "ex louco", é possível que eu não estivesse aqui para contar essa história. quase que... e é por isso que, aproveitando a presença de vocês aqui hoje como testemunhas, eu preciso fazer um pedido: amor, você promete que nunca vai me matar?

a performer tira comprimidos de uma cartela de remédio e eles caem pelo chão.

ouve-se uma versão da cantiga "a canoa virou", citando o nome ofélia.

o segundo lugar

— calma. gente. era só um meme... uma brincadeira... ele não vai me matar não... ele não tem esse poder.. não depende só dele, sabe... por exemplo: este ano, a gente participou de um processo seletivo com textos nossos. o final dessa história é: só um de nós vai passar. e você já sabe quem é. quando a gente saiu da entrevista da última fase do processo, eu perguntei pra ele como tinha sido. "foi ótimo, o boy entrevistador analisou meu texto com alguns conceitos do deleuze". aí ele perguntou pra mim como tinha sido e eu falei que, em um dado momento da entrevista, o boy entrevistador olhou pra mim e disse:

com voz distorcida:

— eu vou te fazer uma pergunta capciosa, mas esse seu texto não é um plágio?

voz off distorcida do boy da vez:

"se irrita por qualquer migalha, fala coisas sem nexo,
ou com apenas metade do sentido. o que diz não diz nada,
mas permite aos que a escutam
tirarem suspeitas dessa deformação; e aí conjeturam,
rearrumando as palavras de acordo com o que pensam.
as palavras, junto com os olhares, meneios e gestos
que ela faz, dão pra acreditar
que realmente ali há um pensamento, bastante incerto;
mas muito doloroso."

enquanto ouve o áudio, a performer tira o vestido e fica de maiô.

voz off de gertrude:

"uma desgraça marcha no calcanhar da outra, tão rápidas se seguem: tua irmã se afogou, laertes."

a performer veste touca e óculos de natação.

— eu sei que eu jamais morreria afogada. isso seria impossível. porque eu sei nadar. eu nado muito bem. eu faço natação desde que eu tenho uma ano de idade. eu nem sabia andar ainda e minha mãe me colocou na aula de natação porque ela sabia que um dia eu teria que passar pelo rio. minha primeira competição foi aos seis anos de idade. e, enquanto eu nadava, eu percebi que minha colega tinha parado porque o óculos dela tinha arrebentado e ela tava procurando. eu parei também e comecei a ajudar ela a procurar. eu não conseguia assimilar ainda a lógica da competição. eu só sabia que o cloro da água faz o olho arder muito. quando uma criança vê uma outra criança que cai e começa a chorar, ela começa a chorar também porque ela vê o corpo do outro como uma extensão do corpo dela. na minha primeira competição, eu cheguei em segundo lugar. e eu fiquei bastante feliz porque eu achava a medalha prateada mais bonita que a medalha dourada. foi só quando eu encontrei com a menina que eu era aos seis anos de idade que aprendi a transformar o rio em remo e consegui mergulhar sem me afogar.

a performer segura a medalha prateada no peito e mergulha.

afogamento

a performer organiza o altar com os materiais de cena.

na tela é projetado o seguinte qr code:

voz off de letícia e ana clara — áudio-colagem:

"tá tudo molhado, a gente tomou uma chuva pra chegar até aqui e as coisas estão ensopadas. ela tá molhada também. o cabelo dela tá molhado. a roupa dela tá molhada, mas é preta, então não dá pra perceber. mas o cabelo dela molhado combina com a calçada que tá molhada e com a água que tá correndo no pé dela, com a terra que tá molhada onde ela tá tirando as pedras. eu tô falando ela: ela só tá tirando pedra do meio do caminho. hoje era o dia que ela separou pra isso, então, desde a hora em que ela acordou ou até desde ontem, algo nela se preparava pra fazer esse momento, pra ser observada e tal. bom, ela parou e respirou. eu gosto quando ela olha pra mim e sorri. ela vai recolher as pedras do chão e colocar dentro de uma sacola, chegar na frente da mario de andrade, ou onde for, e vai desenrolar um carretel de barbante vermelho, reenrolar esse barbante, esse carretel e cantar uma canção de ninar.

hoje é a terceira vez que ela passa pelo mesmo lugar procurando pedras. você já viveu isso. você já passou por esse lugar. você já carregou as pedras. você já sofreu. o saco já pesou. você já sentiu dor e já foi exposta. as pessoas já te viram carregando essa pedra. eu acho muito legal que a rua nunca é a mesma, né? esse momento também é o outro e o outro também é esse. tá vindo um cheiro de flor forte. por que essa menina esquisita tá fazendo coisas esquisitas perto de mim? ele tá curioso, tipo, curvado tentando entender. passar uma mulher toda vestida de preto, com um brinco de girassol e um all-star preto, carregando uma sacola e pegando as pedras do chão. é, né, difícil ver isso e não achar nada. ela amarrou o saco no vestido. pegou o carretel. olhou em volta. começou a desenrolar o barbante. mas a canção, quando ela canta, é um conforto pra todo esse barulho que tá acontecendo aqui.

"moça, o que você tá fazendo? eu fiquei com curiosidade...". e ela disse: eu tô desenrolando pra poder enrolar de novo. o carretel tá acabando. acabou.

ela acaba de enrolar o carretel, a música não acaba. ela deixa todas as pedras aqui. dessa vez, ela não precisou levar pra casa."

prece

a performer acende uma vela no copo em que bebia água na cena inicial.

— eu gostaria de pedir silêncio.

o músico sai de cena e ela permanece em silêncio por um tempo indeterminado.

— o silêncio foi minha última palavra e é daqui que eu começo.
quando acreditei que era capaz de colocar fogo em alguém
decidi que não seria eu quem iria queimar.
nas cinzas
das ruínas
as sobreviventes

elas gritaram meu nome para abrir o caminho da ida
minha missão era desenrolar o fio pra poder enrolar de novo
o campo de batalha: solo fértil
quero semear com o som dos meus passos a sanidade

que é minha
que é delas
que é chama.

[agradecimentos]

thaís torres, nicole rios, ana júlia maturano, letícia calvosa, ana clara montenegro, julia terron, letícia paramirim, isadora madsen, natália nery, joana dória, alice nogueira, marcos barbosa, leonardo birche, arthur murtinho, lubi, dione carlos, silvia gomez, angela ribeiro, bruna pliger, nicole rossi, maria giulia pinheiro, carolina bianchi, janaína leite, amilton de azevedo, clara trocoli, lígia tourinho, eleonora fabião, felipe ribeiro, ruth torralba, gabriela lirio, ana kfouri, rubens vaz, telma rodrigues, liliane henriques, adriana berti, a equipe do projeto a_ponte do itaú cultural, a todas as pessoas que participaram da performance ophelia is a-live e a todas as pessoas que adquiriram o livro na pré-venda, contribuindo com a campanha da benfeitoria para publicação.